LA RACINE DES MAUX

Poésie

DE LA MÊME AUTEURE

Marchand de bonheur, L'Harmattan Congo-Brazzaville, poésie, 2021

Claria BEADZAMBE

LA RACINE DES MAUX

Poésie

Préface de Prince Arnie MATOKO

Ce livre est édité par les éditions Kemet. Vous pouvez le commander en envoyant un mail à editionskemet@gmail.com

Vous pouvez aussi l'acheter sur les plateformes de vente en ligne.

B.P. 1275, Brazzaville,
République du Congo
editionskemet@gmail.com
www.editionskemet.com

ISBN : 9782493053237

Ce recueil de poèmes est dédié à mon père Itoua Ngoteni et à ma mère Clarisse Engambé

« Heureux l'homme qui tient bon face à la tentation car, après avoir fait ses preuves, il recevra la couronne de la vie que le Seigneur a promise à ceux qui l'aiment. »

Jacques 1:12

« Une civilisation qui s'avère incapable de résoudre les problèmes que suscite son fonctionnement est une civilisation décadente. »

Aimé Césaire

PRÉFACE

Se livrer à la rédaction d'une préface n'est pas chose aisée. Elle constitue l'une des entreprises les plus ardues, les plus périlleuses mais aussi les plus nobles et exaltantes qui incombent à un préfacier d'autant plus que la préface nécessite de la part de ce dernier une corrélation harmonieuse avec l'auteur et une certaine fidélité qu'il doit entretenir avec l'esprit et l'objet de l'ouvrage. L'œuvre d'un auteur ne doit en effet être ni trahie ni travestie, quelle que soit la liberté d'analyse dont peut jouir le préfacier ou le critique.

C'est donc avec un bonheur infini, pour ne pas dire incommensurable, que j'ai humblement accepté de préfacer ce recueil de poèmes.

Après « *Marchand de bonheur* », publié en 2021 chez L'Harmattan Congo-Brazzaville qui a marqué officiellement sa naissance sur la scène littéraire congolaise, l'auteure nous revient cette fois-ci, dans le même sillage poétique, avec un deuxième recueil de poèmes intitulé *La racine des maux.* Il convient d'emblée de relever que ce titre est éponyme à un poème du livre.

Ce recueil est précédé de deux épigraphes dont le premier tire sa source de la Bible, notamment dans Jacques 1-12, et le second résulte de la pensée quasi proverbiale de l'illustre poète négro-africain, Aimé Césaire, dans son célèbre Essai « *Discours sur le colonialisme* ».

Le choix de cette double pensée nourrie de l'esprit biblique et de l'esprit littéraire n'est pas hasardeux dans la mesure où il éclaire et soutient, à bien des égards, la profondeur de la substance même de la pensée de l'auteure. Dans ces conditions, on peut être tenté de soutenir, sans risque de nous tromper, que ces deux pensées lumineuses constituent merveilleusement le fil d'Ariane de la poétique de l'auteure.

Composé de 30 textes poétiques en vers libres dont la longueur et la métrique varient d'un poème à l'autre dans un jeu harmonieux des rimes modernes à la fois riches et pauvres, féminines et masculines, cet ouvrage se donne à lire, d'une part, comme un vibrant appel à la revalorisation de la civilisation nègre, et par voie de conséquence de la culture noire, et d'autre part, comme une invitation solennelle à la sagesse, au vivre-ensemble, au bonheur, à la paix, à l'amour, à la gratitude et à la prudence. On ne doit pas en effet occulter le fait que ce livre soulève plusieurs questions d'ordre civilisationnel, culturel, philosophique, religieux et social.

Cette conception multidimensionnelle traduit incontestablement la nature même de la poésie qui, à mon humble avis, est la forme la plus perfectionnée de la pensée humaine et celle qui nous transporte vers les hauteurs insoupçonnées des sentiments de la sublimité, de la beauté et de la sagesse.

Comme annoncé précédemment, ce recueil de poèmes est savamment construit autour des thématiques comme la civilisation nègre, la sagesse, la prudence, l'amour, le partage, la tolérance, le rôle de la femme etc.

En effet, dès l'entame, dans le poème « Peau noire », l'auteure entonne avec joie un hymne sacré à l'honneur de la beauté africaine qui, selon elle et en raison de sa singularité, est « *naturelle, somptueuse, belle et unique depuis l'Egypte antique.*»

Cependant, dans la seconde strophe, elle déplore vigoureusement le fait que la peau noire, et partant la beauté africaine, soit de nos jours vilipendée par celles ou ceux qui n'en saisissent point encore toute sa valeur intrinsèque et extrinsèque, à cause de l'ignorance flagrante, de la jalousie, de l'acculturation ou de l'aliénation culturelle avec le triste phénomène exacerbé de dépigmentation de la peau. Ce qui en réalité n'est autre que le corollaire du complexe d'infériorité des Noirs vis-à-vis des Blancs, avec une indifférence inadmissible aux conséquences redoutables du cancer de la peau.

Á ce titre, elle estime que la peau noire est devenue, non plus source de beauté et de gloire, mais plutôt source de mépris, de négation de soi et de l'altérité, source de discrimination, d'injustice, de racisme avec son interminable lot de massacres, d'assassinats par les autres races sur les Noirs.

Á propos de cette civilisation pour laquelle elle souhaite être réhabilitée, l'auteure voue une profonde admiration à Nelson Mandela qu'elle considère comme une « Icône de la paix » et un « homme hors de commun » pour son noble et légitime combat héroïque pour la défense et la protection des droits de l'homme noir ainsi que sa gigantesque œuvre humaniste en faveur de la paix universelle et du vivre-ensemble, léguée aux Africains et à l'humanité tout entière.

Toutefois, elle dénonce farouchement le comportement haineux, jaloux et criminel de l'homme noir envers son alter égo. Ce qui constitue une entrave manifeste au développement de nos sociétés africaines vers une paix durable et prospère, vers l'unité africaine, car elle proclame avec vigueur que *« La division entre Africains jamais ne fera triompher. Seule l'unité entre les peuples le fera.* »

Elle condamne également l'idée d'individualisme qui est une forme d'égoïsme, contraire aux valeurs nobles du partage propre au vieux système communautariste africain avant la pénétration coloniale.

Á travers ces lignes, on ne peut que constater les accents panafricanistes de l'auteure.

Au-delà de cet élan panafricaniste, la poétesse nous invite à pratiquer quotidiennement la sagesse. A cet égard, elle considère que la sérénité est un trésor, l'une des expressions de la richesse de la sagesse. C'est pourquoi, elle nous exhorte à être « *serein comme un lion* », en nous faisant comprendre que la sagesse de l'Homme se traduit sans nul doute dans sa capacité de beaucoup écouter, de moins parler et d'avoir « *les oreilles en éveil et la bouche en sommeil.* ». Cette conception est en parfaite harmonie avec l'Epitre de Saint-Jacques qui exhorte les chrétiens à « *être plus prompts à écouter qu'à parler* », conscient du fait que la langue a un pouvoir destructeur.

Cette exhortation à la sagesse se poursuit également à travers le constat de la brièveté ou la finitude de la vie qui doit nous imposer désormais le savoir-être, le savoir-vivre, le pardon, la douceur, la tendresse, l'amour du prochain, la gaieté, le sens du don et du partage, le respect et la dignité de soi et de l'autre, la prudence afin de mieux nous conduire dans la lumière de Dieu et de renoncer à toute forme de violence et de courroux.

Par ailleurs, à l'instar de tout poète, l'auteure ne s'est pas privée le bonheur de mettre un accent particulier sur la problématique de l'amour multiforme. Ainsi, elle n'a point hésité de chanter avec de profonds accents de tristesse, l'absence d'un bien-aimé précieux qui l'a laissée dans la solitude sentimentale et l'abattement, et pour lequel, dans sa quête inlassable de le retrouver un jour, elle a perdu le goût de vivre et le sommeil car, dit-elle : « *Mon cœur saigne tous les jours.*

Je suis devenue insomniaque », au même titre que le cri de Lamartine face à l'absence d'Elvire : « *Un seul être vous manque, tout est dépeuplé.* »

Ce désir irrésistible pour l'auteure de retrouver coûte que coûte son bien-aimé est une quête qui sous-entend la plénitude du bonheur sentimental qu'ils ont communément éprouvé, ce qui l'a conséquemment amenée à faire cette belle et sublime déclaration d'amour : « *Pour te dire combien tout mon être t'aime.* » De même, les regrets qui assaillent les coins et recoins de son cœur amoureux sont traduits avec une éloquence inouïe dans le poème « Mauvais temps ».

Outre l'amour charnel ou passionnel, la poétesse parvient à nous partager sa vision de l'amour qui, selon elle, se manifeste par la tolérance, la vérité, la paix et l'entraide, le fait de ne pas offenser les autres, de ne pas les écraser pour réussir, de ne pas se venger, de supporter patiemment les épreuves auxquelles nous sommes confrontés, et surtout de garder l'espoir et la confiance en Dieu.

Elle demeure en effet convaincue que la vie est brève et que rien n'est acquis dans ce monde et dans la vie, puisque l'avenir ne nous appartient pas, comme le disait avec sagacité Victor Hugo, dans les Contemplations : « *Sire, l'avenir ne t'appartient pas, l'avenir appartient à Dieu.* » En considération de ce qui ce précède, elle nous invite donc à apprendre à vivre dans l'amour, la paix et le partage car l'harmonie de la vie humaine dépend du partage.

En somme, ce recueil de poèmes, écrit en vers libres et dans un style simple et limpide couplé de quelques figures de style telles que la comparaison, la métaphore, la personnification et l'hyperbole, est, en dépit de quelques relatives imperfections tant sémantiques que stylistiques – inhérentes à tout travail de débutant /débutante – , un véritable hymne à la sagesse et à l'amour sous toutes leurs formes les plus poétiquement acceptables. Ce n'est pas un livre de philosophie ni un essai littéraire, mais un foisonnement de thématiques abordées sous l'angle poétique et qui exhortent chaque conscience humaine à la nécessité impérieuse de vivre en harmonie avec Dieu, avec la nature, avec soi-même et avec les autres. Ce n'est qu'à ce prix que l'humanité goûtera enfin au bonheur du vivre-ensemble tant escompté.

Prince Arnie MATOKO,

Magistrat-Écrivain

PEAU NOIRE

Originale et soyeuse
Belle et velouteuse
Singulière et unique
Séduisante et magique
Naturelle et authentique
Depuis l'Égypte antique

Peau noire, peau d'Afrique
Salomon chante des cantiques
Peau noire, peau stigmatisée
Par des imbéciles et des aliénés
Reniée par Michael Jackson
Le génie de la mélodie et du son
Peau noire détestée aux Amériques
King, X et Floyd aux destins uniques

GRAVIDISME

La femme porte un fruit
Qui germe après la synapse de nuit
Cette prouesse mérite la palme
De l'épopée érotique, quel héroïsme !

Un fruit propulsé vers l'enfance
Résultant d'une souffrance
Elle est seule à endurer ce supplice
Par son étreinte maternelle

SAGESSE

Le calme est un trésor
Comme le silence est d'or
Sois serein comme le lion
Moins bruyant que l'hyène
Prends le temps d'écouter
Gardes toi de trop parler
Les oreilles en éveil
La bouche en sommeil
Sage comme le lézard
Rien n'est fait par hasard

L'ICÔNE DE LA PAIX

À Nelson Mandela

Homme hors du commun
Autant énigmatique que fascinant
Révolutionnaire, homme d'actions
Tu restes le Parangon pour plusieurs générations.
Face au régime ségrégationniste,
Jamais à l'esbroufe tu ne te fus incliné ;
Ta sagesse, ta sobriété, ta pugnacité
Contre le racisme et l'oppression
Ont épargné la nation arc-en-ciel d'un brasier ;
Ton Prix Nobel de la paix
Est le couronnement de ton combat pour la justice.
Premier Président élu
De la République d'Afrique du Sud Démocratique
Tu regimbes à la discrimination, à la vengeance
Auxquelles tu substitues amour et pardon
Mandela, une icône universelle tu demeures !

BRIÈVETÉ DE LA VIE

Qu'elle est brève la vie sur terre !
Aux jours succèdent les nuits
Et le beau temps à la pluie
Tout souffle à crédit est alloué
Chaque pas conduit vers l'extinction
Prenez des risques, fous des fois
Prenez-les quoi qu'il en coûte !
Pardonnez diligemment au semblable coupable
Embrassez tendrement les vôtres chers
Aimez d'un cœur sincère
A la faconde hautaine, suppléez le langage sobre
Ricz infiniment
Jouissez passionnément
Partagez à l'indigent au ventre creux
Souriez aux cœurs, aux regards éplorés
Ignorez la critique réprobatrice
Dédaignez l'outrage outrancier
Soyez débonnaire à l'âme hypocrite
Aimez encore, aimez toujours !
Soyez heureux avec ceux qui vous aiment.

MON PRÉCIEUX

Je me sens triste
Je me sens seule
Je me sens abattue
La douleur a fané mes charmes
Je compte les minutes qui passent
Et vois les heures défiler jusqu'au lever du jour

Quand te trouverai-je, mon précieux ?
Mon cœur saigne tous les jours
Où est ma source, que je m'y baigne !
Est-elle au fond de la terre ou des cieux ?
Je retourne chaque pierre et chaque astre
Dans l'espoir de te retrouver
La vie est comme un terrain de jeu
Où le meilleur gagne
Quand serai-je à nouveau avec toi ?
Mes nuits ressemblent aux jours, tristes ;
À cause de ton absence
Je suis devenue insomniaque

TOI ET MOI

Le bonheur est état d'esprit
Nos pensées y sont si agréables
À tout instant de façon permanente

Je t'envoie à tout instant un bateau de caresses
Flottant avec langueur sur un océan de tendresse
Pour te dire combien tout mon être t'aime

Au hasard de la vie, nos chemins se sont croisés
Nos yeux, pétillant d'amour, se sont accrochés
Depuis, ton sourire est devenu soleil,
Lumière illuminant les parvis de mon âme

AVANCER

Un pas en avant
Un pas en arrière
On confond excuse et prétexte
On échafaude moult raisons
Et on manque de se délecter du présent
Car nos regards sont toujours vers l'avenir
Mais en vieillissant, il est plus aisé
De regarder en arrière
Et regretter amèrement les erreurs du passé
Hélas ! La rivière jamais ne coule vers l'arrière
Elle va toujours vers l'avant
Vis comme la rivière, oublie ton passé
Et concentre-toi sur ton avenir
Le meilleur est devant toi.

LA LUMIÈRE SACRÉE

Dans tous tes desseins
Laisse le Saint-Esprit
Te guider sur les sentiers de la justice,
Il te conduira sur le chemin des bénédictions
Qui ne se font suivre d'aucun chagrin
Puisse la main puissante du Bon Dieu
Demeurer sur toi et te donner du succès
Alors prends courage et fortifie-toi !
Dieu connait ta vie, tes craintes, tes espérances
Il pourvoira à tes besoins.

L'AFRIQUE NOIRE

Le noir rechigne à l'évolution
De son semblable ;
Au fond de son cœur envieux
Il rumine des idées noires
Qui l'incitent à abominer son prochain
Il désire s'épanouir tout seul
Et dresse des embuches sur le chemin des autres
Ce funeste sentiment de discorde
Engendre haine, crime, jalousie
Injustice, trahison et hypocrisie
Qui entrave l'unité entre Africains
Et l'Afrique demeure dépendante !

ATTENTE DU MESSIE

L'Afrique cherche désespérément un Leader
Marchant tel un berger au-devant du troupeau
Rassemblant les Africains, entre océan et outre-mer,
De la Méditerranée jusqu'au Cap
De rassembler africain entre Océan et Mer
Les Africains ne trouveront pas un messie venant d'ailleurs
Mais le messie attendu ne viendra pas d'ailleurs
Les dirigeants africains n'ont pas cette incarnation
Vu que l'Afrique a la tête en bas
Qui donc la retournera vers le haut ?
La division entre Africains jamais ne fera triompher
Seule l'unité entre les peuples le pourra !

ATTENTE

Au changement de saison
Apparaissent des flots de nuages
Un souffle de vent viendra éteindre une lampe
Viens près de moi, sacré cœur !
Je n'ai jamais laissé mourir ce désir
Alors cette flamme brûle mon cœur, mon âme
Tout mon être se consume
Viens près de moi maintenant !
La distance nous a éloignés l'un de l'autre
La séparation fut douloureuse
Mon regard constamment brûlait de désir
Mais tu étais là-bas, lumineux
Resplendissant, inondé de bonheur
Alors qu'ici de langueur je me consumais
Une fois encore le ciel gronde
Et la pluie dans une vibrante rhapsodie, tombe
La tempête de nouveau éclate
Mais n'a pu éteindre cette flamme
Si la pluie, l'orage, le tonnerre la tourmentent,
Viens près de moi maintenant, mon Sacré-Cœur !

LA POULE

Jamais tu ne jouiras d'une totale indépendance
Tant que dans le poulailler tu demeures
Obéissant aux injonctions proférées par l'aviculteur
Comparable à un fruit
Qui attend impassiblement sa saison
De patience tu dois faire preuve
Pour jouir un jour de ton règne.

LE COURROUX

Tu t'incrustes dans nos cœurs
Sans y avoir été convié
Lame à double tranchant
Tu crées en un passage éclair
Dispute, trahison et division
Tu envenimes le moindre des problèmes
Et s'ensuit l'embrasement total
D'où viens-tu, perfide sentiment ?

MAUVAIS TEMPS

Pourquoi ce changement d'humeur ?
Que t'ai-je fait ?
Toi seul peux raviver ma beauté d'antan
Souviens-toi de notre serment de fidélité,
Aux clauses inscrites sur les parvis de nos cœurs :
Seul le repos éternel nous séparerait !
Aurais-tu dans le jardin des désirs
Cueilli une rose nouvelle ?
Combien triste me rend ton attitude indifférente !
De quel forfait irrémissible
Me suis-je rendue coupable à tes yeux, Amour ?
Sache que sans toi
Je ne suis qu'un être sans chair

LA PRUDENCE

Donne, sans être un objet entre les mains des autres
Aime, sans laisser ton cœur être abusé
Aie confiance, sans être crédule
Que ton esprit discerne chaque chose
Ecoute les autres mais ne perds pas ta voix
C'est en usant de parole que l'on touche le cœur des gens
C'est en écrivant que l'on touche leur esprit.

MÉTAMORPHOSE

De ma gentillesse d'antan je me suis dépouillée
J'abhorre être utilisée, manipulée
Je doute de la sincérité des miens

Et ma confiance pour eux est au rabais,
Je ne pardonne plus si facilement,
Car des proches pour qui mon affection fut sans conteste
Je porte les flétrissures de l'ingratitude
Et traine depuis le fardeau de leur félonie

NETTOYAGE MENTAL

Aujourd'hui c'est le grand jour
Du nettoyage mental
Formatez cœur esprit
Cessez de trainer inutilement
Ces boulets qui au passé vous enchainent
Tout ce qui vous a fait mal
Faites-en don aux poubelles de l'oubli
Nettoyez votre cœur
Préparez-le à la nouvelle vie
À un nouvel amour
Car nous sommes des êtres passionnés
Capables d'aimer plusieurs fois
Parce que de l'amour nous sommes la manifestation
Evadez-vous prestement des geôles du passé
Vous n'en pouvez rien changer
Tournez vos regards vers l'horizon porteur d'espoirs
C'est là que réside le grand secret du bonheur
Ayez confiance en Dieu, l'Architecte de votre avenir.

L'EAU

Vois, c'est le fil de l'eau
Que s'envolent les mots
Cœurs et âmes fleurissent
Quand ils nous envahissent.

Goutte à goutte, cette eau
Dépose sur les maux
La douceur de tes mains,
La valeur du chemin.

Ressens, c'est merveilleux :
Ces reflets dans tes yeux
Les perles du bonheur

Qui s'enfuient de ton cœur,
Qui rejoignent mon âme
Quand cette eau devient flamme.

LA RACINE DES MAUX

Tu es une aide précieuse
Tu nous procures de la joie
Et tu nous permets de posséder
Ce que nous ne pouvons ramasser

Tu es le fruit de notre labeur
Cependant, tu es la racine des maux
Car tu procrées la division, la contradiction, la mort …
Dans le cercle fraternel, amical, professionnel.

LE PARTAGE

Rien ne m'appartient
Rien ne m'est acquis
La vie met sur ma route
Etres, choses, épreuves, circonstances
Afin d'aider à ma croissance
Même les connaissances acquises
Ne sont aucunement miennes
Je les redistribue à qui en exprime le souhait
J'offre inconditionnellement
Les perles de mon cœur
Quand je reçois d'une main, de l'autre je donne
Car tout est partage.

AIMER

C'est être capable d'accepter
L'autre tel qu'il est
C'est reconnaitre que l'autre
Peut avoir tort ou raison
Aimer, c'est savoir pardonner

Aimer
C'est être capable d'ouvrir la bouche
Pour ne dire que la vérité
C'est pouvoir tenir sa langue en bride
Pour ne pas offenser l'autre

Aimer
C'est pouvoir encaisser les coups
Sans chercher à les rendre
C'est accepter de lutter
Sans vouloir écraser les autres

Aimer
C'est faire la paix avec soi-même
Et distiller sans restriction
Ce bonheur autour de soi
Aimer, c'est ouvrir largement les bras
Et fermer les yeux sur les imperfections.

ÉVOLUTION

J'ai été longtemps faible
Maintenant je suis forte
Parce que j'ai été à maints égards stupides
Maintenant je me suis assagie
Parce que mon œil a vu le pire
À la vie je suis reconnaissante
Parce que j'ai connu la tristesse
Que j'aime allègrement
Parce que j'ai vécu le chagrin,
Je chéris inlassablement les miens
Parce que j'ai vécu la perte,
Chaque nouveau jour m'est un gain
Demain est si incertain !

MERCI

Joli mot appris dès l'aube de la vie
Mot ennemi de l'indifférence
Mot court inscrit dans les cœurs éclairés
Qui joint le cœur à l'esprit
Quoique passé dans nos habitudes
Il est le reflet de nos sincères gratitudes
Il sait être doux tout en étant fort
Tant il est reçu tel un réconfort.

UNE CIGARETTE

À fleur de peau
Excitée par le flot blanc des lis
Je cherche ta pipe pour sucer le beau
Le désir me lamine tel chant
Ce soir j'ai une petite voix
L'éclosion de ta tige me met en émoi
Séduite par un beau chaos
Ma main avide
Je sors de ma chrysalide
A genou je boirai ton vin blanc
Car ma faim est pour cent ans.

ÉPREUVE

Quand le bout du tunnel te semble si lointain, incertain
Quand la vie ne t'apporte qu'une avalanche d'épreuves
Refuse de te laisser envahir par le désespoir
Restaure en toi le calme
Et garde ton sang-froid
Souviens-toi que pour atteindre ta destination,
Il faudra de l'épreuve te servir
Elle n'est point une entrave, elle t'est un adjuvant

LA PERLE RARE

Je suis très joyeux
Quand je te vois
Tu as la peau douce
Comme un poisson d'eau douce
Tu as les lèvres d'une sirène
Quand je te vois, je t'appelle Reine
Tu es la perle rare que je recherche
Mais que je n'arrive point à avoir
Me voici debout sur la berge
En quête d'une chance de te voir.

DE L'ENFER AU PARADIS

L'enfer c'est quand l'esprit à la dérive s'en va
Quand se ferment les yeux pour ne plus voir le jour
Quand le cœur est lourd, vide d'amour
Alors s'installe l'enfer, plus rien ne vous captive !

On ne peut plus lutter, dépouillé de toute force ;
On se prélasse, attendant que demain
Puisse chauffer le cœur, rouvrir le chemin,
Ramener la petite lueur qui revient comme amorce.
Attendre cet espoir, c'est être au purgatoire,
Car on ne peut passer de l'enfer au paradis ;
Il n'est qu'un sens unique et l'autre interdit
Il n'existe aucune échappatoire.

Le paradis c'est quand l'esprit de nouveau s'ouvre
Quand les yeux sont curieux dès le lever du jour
Quand le cœur est léger et comblé d'amour
Le paradis arrive, le ciel se découvre !

Il faut suivre la route, pour en garder le bonheur ;
Oublier hier, ne point penser à demain,
Marcher à grands pas en serrant une main,
Ouvrir les yeux pour contempler la beauté de la vie
Tendre l'oreille pour écouter la symphonie de l'univers !

LE CHOIX

L'impatience éjacule de mauvais choix
Poussant à des actes punissables par la loi

La paresse ligote le bonheur
Et l'homme quitte la scène sans honneur

Les décisions déterminent la vie
Les bonnes vous propulsent au Paradis

Les mauvaises ouvrent les portes de l'enfer
Sur terre ne vis pas à l'image de Lucifer

LA JALOUSIE

Sur terre chacun fait sa vie
Ne sois pas enivré de jalousie

À force de satisfaire toutes nos envies
Aucun désir ne sera assouvi

Sur terre chacun fait sa vie
Ne sois pas enivré de jalousie

Les vices ne sont que chez autrui
Avec cette attitude tout sera détruit

Sur terre chacun fait sa vie
Ne sois pas enivré de jalousie

Arrête de gâcher la vie des autres
De la bienséance, tu seras l'apôtre

TABLE DES MATIERES

www.ingramcontent.com/pod-product-compliance
Lightning Source LLC
LaVergne TN
LVHW041000150826
845672LV00002B/795
* 9 7 8 2 4 9 3 0 5 3 2 3 7 *